Mantra Lingua
303 Ballards Lane, London N12 8NP
www.mantralingua.com

First published in UK
by Little Tiger Press 2006
This edition published 2017

Audio copyright ©
Mantra Lingua 2008

Thank you, Mum, Brian and Colin - C R

অগাসটাস ও তার হাসি

Augustus and his Smile

অগাসটাস ও তার হাসি

Augustus and his Smile

Catherine Rayner

Bengali translation by
Raihana Mahbub

অগাসটাস নামের বাঘটির মনে দুঃখ ছিল।
কারণ তার মুখের হাসি হারিয়ে গেছে।

Augustus the tiger was sad.
He had lost his smile.

কাজেই সে বাঘের মত বিরাট আড়মোড়া ভেঙ্গে শরীর টানটান করে নিল ও মুখের হাসির খোঁজে বের হল।

So he did a HUGE tigery stretch and set off to find it.

প্রথমে সে হামাগুড়ি দিয়ে ঝোপের আড়ালে ঢুকলো। সে একটা ছোট, চকচকে পোকা খুঁজে পেল কিন্তু তার হাসি দেখতে পেল না।

First he crept under a cluster of bushes. He found a small, shiny beetle, but he couldn't see his smile.

Then he climbed to the tops of the tallest trees.
He found birds that chirped and called,
but he couldn't find his smile.

তারপর সে সবচেয়ে উঁচু গাছগুলোর উপর চড়ে বসলো।
সে পাখীর কিচিরমিচির ও ডাকাডাকি শুনতে পেল
কিন্তু তার হাসি খুঁজে পেল না।

অগাসটাস দূরে বহু দূরে খুঁজে বেড়ালো।
সে সবচেয়ে উঁচু পর্বতের চূড়ায় উঠলো যেখানে
বরফের মেঘ ভেসে বেড়ায় আর ঠান্ডা বাতাস জমে
তুষারের নকশা তৈরী করে।

Further and further Augustus searched.
He scaled the crests of the highest mountains where the snow
clouds swirled, making frost patterns in the freezing air.

সে গভীরতম সমুদ্রের তলদেশে সাঁতার দিল
আর ছোট ছোট উজ্জ্বল মাছের সঙ্গে পানিতে
আছড়ে পড়ল ।

He swam to the bottom of the deepest oceans and
splished and splashed with shoals of tiny, shiny fish.

সে দীর্ঘতম মরুভূমির মধ্যে ঘুরে ঘুরে নেচে আর বীরদর্পে হেঁটে বেড়ালো, যার ছায়া পড়েছে সূর্যের আলোতে।
অগাসটাস ঘুরে বেড়ালো দূরে
বহু দূরে
সরে যাওয়া বালুর মধ্যে
যতক্ষণ না ...

He pranced and paraded through
the largest desert, making
shadow shapes in the sun.
Augustus padded further
and further
through shifting sand
until ...

... pitter patter

pitter patter

drip

drop

plop!

... টাপুর টুপুর

টাপুর টুপুর

টুপ

টাপ

টাপুস!

অগাস্টাস নাচলো
আর দৌড়াল
যেমন করে বৃষ্টির ফোঁটা
পড়ে আর লাফিয়ে ওঠে
আর উড়ে যায়।

Augustus danced
and raced
as raindrops bounced
and flew.

সে গর্তের পানি ছিটালো, বড় আর গভীর করে ।
সে দৌড়ে গেল বিরাট রুপালী-নীল গর্তের দিকে
আর দেখলো ...

He splashed through puddles, bigger and deeper.
He raced towards a huge silver-blue puddle
and saw ...

... ঐ তো তার নাকের নীচে
... তার হাসি!

... there under his nose
... his smile!

আর অগাসটাস বুঝতে পারলো যে তার হাসি ওখানে থাকবে, যখনই সে খুশীতে থাকবে ।
তার শুধু মাছের সাথে সাঁতার কাটতে হবে বা গর্তে জমে থাকা পানিতে নাচতে হবে বা পর্বতে উঠে পৃথিবীর দিকে চেয়ে দেখতে হবে – কারণ তার চারদিকে আনন্দ ছড়ানো ।

অগাসটাস এত খুশী হল যে
সে লাফালাফি করল
আর ঝাপ দিল ...

And Augustus realised that his smile would be there, whenever he was happy.

He only had to swim with the fish or dance in the puddles, or climb the mountains and look at the world – for happiness was everywhere around him.

Augustus was so pleased that
he hopped
and skipped ...

… আর হাসতে হাসতে
লাফিয়ে চলে গেল ।

… and jumped away,
smiling.

Amazing tiger facts

Augustus is a Siberian tiger.

Siberian tigers are the biggest cats in the world!
They live in Southern Russia and Northern China
where the winters are very cold.

Most tigers are orange with black stripes.
The stripes make them hard to see when they
walk through tall weeds and grasses.

Tigers are good swimmers and like to cool down
by sitting in waterholes.

Each tiger's stripes are different to those of
other tigers – like a human finger print.

Tigers are in danger ...

Tigers are only hunted by one animal ... HUMANS!
And humans are ruining the land on which tigers live.

There are more tigers living in zoos and nature reserves than
in the wild. There are only about 6000 tigers left in the wild.

Help save the tiger!

World Wildlife Fund (WWF)
Panda House
Weyside Park
Godalming
Surrey GU7 1XR
Tel: 01483 426 444
www.wwf.org.uk

David Shepherd Wildlife
Foundation
61 Smithbrook Kilns
Cranleigh
Surrey GU76 8JJ
Tel: 01483 727 323/267 924
www.davidshepherd.org